"Yesterday is history,
tomorrow is a mystery,
and today is a gift.
that's why they call it present."

— 애니메이션 〈쿵푸 팬더〉 중에서

괜찮아,
자연스러웠어

괜찮아,

자연스러웠어

고민하는 청춘들에게 고함

초판 1쇄 발행 | 2019년 8월 30일

지은이 | 신민수
펴낸이 | 임정은
디자인 | 디자인모노피㈜

펴낸곳 | ㈜SJ소울
등 록 | 2008년 10월 29일 제2016-000071호
주 소 | 서울시 송파구 충민로 66 가든파이브라이프 테크노관 T-9031
전 화 | 0505)489-3167 / 02)6287-0473
팩 스 | 0505)489-3168
이메일 | starina75@naver.com

ISBN 978-89-94199-61-0 13810
값 15,000원

이 도서의 국립중앙도서관 출판예정도서목록(CIP)은 서지정보유통지원시스템 홈페이지(http://seoji.nl.go.kr)와 국가자료종합목록 구축시스템(http://kolis-net.nl.go.kr)에서 이용하실 수 있습니다. (CIP제어번호 : CIP2019030661)

괜찮아, 자연스러웠어

고민하는 청춘들에게 고함

신민수 지음

Prologue

어제는 이미 지난 일이 되었고, 내일은 무슨 일이 생길지 모르죠. 그리고 여러분에게 주어진 오늘은 선물 같은 하루가 될 거예요.

왜냐고요? 이 책을 펼치셨잖아요!

지난 걱정들은 잊어버리고, 앞으로 일어날 일에 대해서는 고민하지 맙시다. 어떤 일이 일어날지도 모르고 자꾸 생각한다고 해서 해결되지는 않으니까요! 우리 매일매일 더 집중하고 선물 같은 하루를 보낼 수 있도록 해요.

저도 한동안 열등감이라는 구름 속에 둘러쌓여 지난 일에 대해 후회하면서 고민했고, 미래에 대해 자책하고 걱정했습니다. 내게 주어진 오늘 하루가 선물인지 모르고 어제와 내일 사이에서 이러지도 저러지도 못하며 지냈습니다.

그런 하루가 반복되면 반복될수록 더 그 악순환 안에서 빠져나올 수 없었어요. 반복이 습관이 되고 습관은 서서히 나의 일부가 되어 뭐가 잘못됐는지조차 몰랐으니까요.

저는 정말 운이 좋게 글을 쓰면서 그 악순환의 구렁텅이에서 빠져나올 수 있었어요! 그리고 그제서야 주변을 둘러볼 여유가 생겨 주위를 보니 저와 같은 고민을 하는 청년들이 많더라고요.
그래서 결심했죠. 모두에게 선물 같은 하루를 주고 싶다고요. 제 글을 읽으면서 나 자신을 토닥토닥 위로해 주세요. 오늘 하루도 잘 견디고 잘 버텨줘서 기특하다고…….

청춘들에게 고함
훕씨네 글 던짐

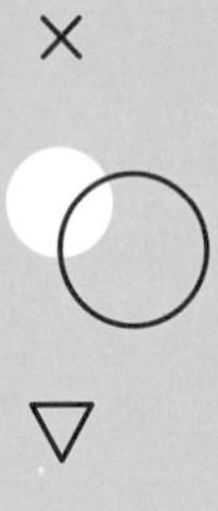

여섯가지
고민

고민… 무슨 의미가 있니?

고민 하나,

부질없는 고민

이제 자리도
잡고

맘에 여유가
생기니까

옛날 꿈이
막 떠오르네.

지금은
상상도
못할 꿈이.

#현실의 벽

; 팩트 체크

주변 얘기를

듣고 있다 보면

자기 경험을 이야기하는

사람들이 참 많다.

경험을 토대로

조언을 해주는 사람도 있고

위로를 해주는 사람도 있다.

그래도 그중에서
제일 많은 건

이거 해라 저거 해라
참견하는 사람이다.

#그럴거면 니가 해

; 시키면 못할 거면서

우리는
세상이란 우리에 갇힌
사람이라는 동물이다.

그러니까 절대로

자기 의지만 가지고
능동적으로 일하지 말자.

#시키는 일만 합시다

; 더 해봐야 너만 손해야.

누구나
자기가 하고 싶은 게 있고

누구나
자기가 할 수 있는 게 있다.

그중 내가 가장
부러운 사람은

이 두 가지가
같은 사람이다.

#누구냐 넌

; 난, 왜 둘 다 없냐?

부지런하고 꾸준하게
소처럼 일하면

언젠가 누군가는
인정해줄 거야.

그러니까
우리,

힘을 내보자.

#다들 알아줄 거야

; "재가 그 바보같이 다 하는 애야."

세상에서 말하는
성공의 잣대에 맞게
살아갈 것인가.

아니면
네가 만든
성공의 잣대를
기준으로
살아갈 것인가.

그런 고민을 하던 찰나에
떠오른 생각.

#눈치만 보다 끝나겠다

; 답은 정해져 있는데 왜 알면서도 못하니?

누구는 클럽에서
미친듯이 놀고 즐길 때

다른 누구는 도서관에서
미친듯이 공부만 했다.

누구는 집에 가서
돈 걱정 없이 쉴 때

다른 누구는 집에도
못가면서 일을 한다.

#누가 그랬냐

; 세상이 공평하다고.

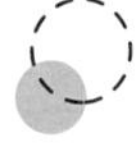

정말 답이 없다.

우리의 일상에
답답함은 가득인데

딱 떨어지는
답이 없다.

21

수학은 죽어라 배워서
답은 한번에 찾는데

우리는 하루하루를
죽어라 살아가는데

정답을 못 찾겠다.

#꾀꼬리

; '못 찾겠다 꾀꼬리'하면 나오는 거 아니었어?

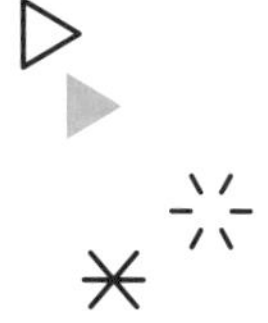

우리가 어릴 땐
갖고 싶은 게 있으면
무조건 졸랐다.

징징 울어도 보고
소리도 질러 보고
바닥에 기어도 봤다.

그 당시엔 그렇게 하면
다 가질 수 있었다.

지금도 난 뭐든 열심히 하면
다 된다고 생각한다.

중요한 걸 아직까지
깨닫지 못했다.

#안되는 건 안된다

; Feat. 진격의 거인_어머니의 슬리퍼

아침엔 일어날까 말까
고민하고

점심엔 뭐 먹을까
고민하고

저녁엔 퇴근하고 뭘 할지
고민한다.

고민만 하다가
하루를 보내버렸다.

#또 하루를 버렸다

; 고민하지 말고 하고 싶은 대로 해.

쨍쨍 해가 빛나는 날

모두가 날이 좋아서
행복해할 때

누군가는 날만 좋아서
행복해질 수 없는
하루를 살고 있다.

#햇빛 우울한 날

; 그런 날이 더 우울하더라.

꽃길만 걷자.

울퉁불퉁 힘든 길을
걸으면서
많이 힘들었지?

충분히 많이 고생했으니까
이제 우리 꽃길만 걷자.

#장미꽃길

; 가시에 찔릴 일만 남았네.

그냥 그런 일이 있었구나
원래 그런 사람이구나 하고
넘어갑시다.

우리 복잡하게
생각하지 맙시다.

괜히 신경써줬다가
상처만 더 받기 전에.

#어디서 개가 짖나

; 개는 밥이라도 주면 조용하지.

걱정과 고민은 같지만 다른 거야.

걱정은 안심이 되지 않아
속에서 애를 태우는 것이고

고민은 마음속으로 괴로워하는
생각을 일컫는 말이거든.

그러면 뭐해.

우리가 보기엔
다 똑같은데.

#어쨌든 힘들다

; 뭐 그런 거까지 분류하고 있니?

충고는 상대방을 위해서
하는 말이지.

상대방을 위협해서
하는 말이 아니야.

근데 요즘은
충고 좀 해달라고 하면
단점만 말해주고 있으니

누가 가만히 듣고 있겠냐.

이성적으로 생각하자.
하나씩 하나씩

너무 감성에 빠져들지 말고
차근차근 풀어나가자.

그래도
정말 안된다 싶을 때

구질구질하게
붙잡지 좀 말고.

#그때 놓아주자

; 언제까지 거기에 빠져 살래?

시간이 흐르면 흐를수록
점점 편해지는 거 같더라.

뭐든 시간이 다 해결해주는 것 같아.

아무리 힘든
고난이 닥쳐와도

이제는 간단히 넘길 수 있어.

그러니 조금만 참자.

#근데 그건 알아둬

; 참는 데도 한계가 있어.

행복하다는 게
별거 아닙니다.

하루하루
배부르게 먹을 수 있고

하루하루
편하게 잠잘 수 있고

하루하루
즐겁다면

그게 행복이지요.

#그렇지요

; 근데 사람이 그렇게 단순하지 않아요.

고민은 풍선과 같아서
하면 할수록 부풀어오른다.

그 풍선이 언제 터질지도 모른 채
막연히 고민과 걱정을 하고 또 한다.

그렇게
터질 때까지 열심히 고민만 하고 있다.

#아주 적당히를 몰라

; 고민한다고 해결되는 게 아닌데.

심리학이란 학문이
점점 대중화되고
유명세를 타고 있다.

다른 사람의 생각을 왜 그렇게
신경쓰고 궁금해 하는 건가.

다른 사람을 존중해주고
배려해주는 건 좋은데

남 생각만 하다가
내 생각을 잃어버리겠다.

#중요한 게 뭔지

; 이기적이지만 자기 자신을 먼저 생각하자.

슬픔 안에 갇혀
빠져 나가지 못하면
계속 슬프겠지.

그러니까
그런 쓸데없는 감정은
최대한 빨리
갈아치우자.

괜히 감정 소비하지 말고.

#안하는 게 아니라 못하는 거다

; 누구나 아는 것, 그래도 못하는 것!

청춘이여.
일어나라.

왜 청춘인지
어서 일어나서 보여주렴.

자신감 넘치게
당당하게.

#뭘

; 그냥 젊으니까 청춘인데?

오늘도
고생했어!

보이지 않는
이 한마디가
정말 내 맘을
울리고

나한테는
큰 힘이 돼요.

#풋(Foot)

; 비웃는 거 아니야. 누가 발같지도 않은 소리를 해서.

요즘은
하루를
어떻게 보내는지
모르겠다.

난 보내기 싫은데.

다 지들 마음대로
그냥 막 간다.

#천천히 가자 청춘아

; 형, 페이스 맞추기 힘들다!

사람은 본능적으로
욕심이 있다.

먹고 살기 위해서
식욕이 있고

피로를 없애기 위해서
수면욕이 있고

나는 오늘을 살아가기 위해서
여러가지 욕을 한다.

#비겁한 변명

; 비겁한 거 아니야, 본능적인 거야. 어쩔 수 없었어.

우리에겐 영원한
걱정거리가 있다.

졸업하고 나면
뭘 해 먹고 살지?

퇴근 후 집에 가서
오늘은 뭘 해 먹지?

일하다가 문득
퇴직해서 뭘 해 먹고 살지?

뭘 해서 먹을 걱정만 한다.

#다행이지

; 뭘 말아먹을 걱정은 아니잖아.

아, 공부해야 되는데

아, 운동해야 되는데

아, 뭐좀 해야 되는데

여기서 공통점은
아무것도 하지 않았다.

#생각은 했으니

; 뭐라도 한 건가?

내 마음이
색종이 같으면 좋겠다.

비행기를 만들어
날려보낼 수도 있고

꽃으로 만들어
예쁘게 할 수도 있으니

뭐든 내가 원하는 대로
다 만들어버리면 되잖아.

하지만 원하는 것을
다 얻을 수 없다는 걸 깨달았다.

#그러니 빨리 접길 바래

; 그 마음

가는 말이 고우면 오는 말도 곱다.

내가 먼저 친절을 베풀면
상대방도 나에게 배려를
베풀어줄 것이다.

이렇게 살다보면
온 세상이 행복해지겠지.

생각만 해도 절로 웃음이 난다.

#생각처럼 되지 않는다

; 요즘은 베풀면 바보지.

우리는 막다른 길에 다다를 때가 있다.

그때가 되면 더 이상 갈 길이 없겠구나
쉽게 생각하고 믿게 된다.

당연하다. 눈에 보이는 게 없으니까.

그래서 난 억지로
술을 마신다.

그래야 변명거리가 생기니까.

#술이 웬수지

; 술을 먹어서 눈에 뵈는 게 없다.

누구나 다 노력은 할 수 있다.

하지만 모든 사람이
다 일등이 되지는 못한다.

그리고
내가 만약 일등이 아니라면
내 옆사람도 일등이면 안 된다.

#남이 잘되는 꼴 못 본다

; 못된 심보

열심히 일한 당신
떠나라.

그동안 쉴 틈 없이 열심히 일했으니까
자신에게도 포상을 주자.

그렇게 쉬지도 못하고
일만 하다가 병나겠다.

이제 휴가 좀 가자.

#정신차려

; 그렇게 쉽게 쓸 수 있었으면 벌써 썼지.

인생은 아름다운 거라고
우리 인생 선배들은 가끔 말한다.

나도 그런 줄만 알았다.

언젠가는 내게도 아름다운 인생이
샤랄라하고 나타날줄 알았다.

근데 여기서도
오차가 있더라.

우리는 그분들의 인생을 듣고 알지만
그분들은 우리 시대의 인생을 겪어보지 못했다.

#그렇다

; 뭐든지 겪어봐야 알 수 있다.

모든 사람들은 대부분 자신에게
가장 필요한 게 무엇인지
알고 있다.

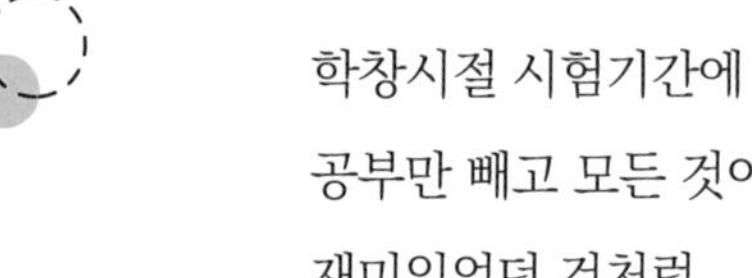

학창시절 시험기간에
공부만 빼고 모든 것이
재미있었던 것처럼.

하지만
내 미래를 위해 필요한 것보다
지금 내 눈앞에 있는 사소한 문제에
훨씬 더 신경을 쓴다.

이제부터는
쓸데없는 곳에 신경쓰지 말고
정말 필요한 곳에 집중할 차례다.

#뭣이 중한가

; 쓸데없이 시간 낭비하지 말자.

가끔은 그냥 웃어넘길 용기가 필요하다.

정말 어려울 때를 위해서
마지막까지 웃고 즐기겠다.

인생이란
원래 힘들고 외롭고 슬픈 거니까.

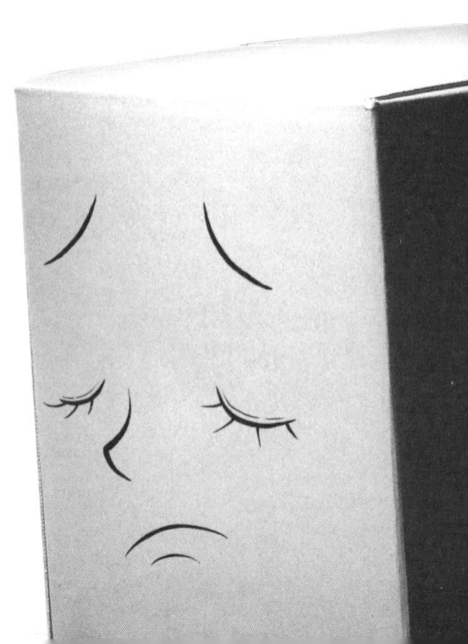

하지만

대략적으로
난 느낄 수 있다.

오늘도
웃을 수 없을 것 같다.

#스트라이크

; 부인할 수 없는 돌직구가 들어왔다.

언젠가부터 난 혼자라는 느낌이 든다.

항상 친구들 사이에 둘러싸여
재밌는 시간들을 보내지만

어느 순간부터 혼자가 된 느낌이다.

그런 사람들에게 자연스러운 거라고
말해주고 싶다.

원래 인생이란 나 자신만 믿고
살아가는 거라고.

#자연스러운 거라고

; 살면서 터득한 인생의 진리 정도로 해두자.

즐거운 출근길.

오늘도 기분좋게
하루를 시작한다.

오늘은 또 무슨 일이 생길까
무지 궁금하다.

오늘도 정말 재밌는 하루를
보냈으면 좋겠다.

#쓸데없이 참 밝다

; 이 현실성 없는 사람아!

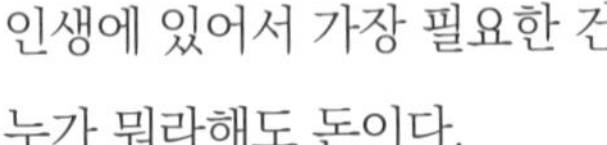

인생에 있어서 가장 필요한 건
누가 뭐라해도 돈이다.

돈 있으면 자신이 생각하는 모든 것을
다 살 수도 할 수도 있으니까.

요즘처럼 돈이 세상을 다스리는 현실에서
내가 이렇게 위로해주고 공감해준다고
여러분 마음이 정말 풀릴까요?

#다 부질없다

; 그냥 잠시 나와 같은 사람이 있다는 걸로
위안을 삼을 뿐이지.

현실을 자각해 볼까?

고민~ 드루와! 드루와!

웃어넘길 고민

난 누구에게 위로가 되는 말을
해주고 싶다.

같이 공감해주고
내 기분을 말해주고
나도 너와 같은 삶을
살고 있다고.

나는 심지어
너보다 훨씬 더 힘들었는데

다 이겨냈으니까
너도 할 수 있다고.

#나땐 말이야

; 위로가 꼰대로 변하는 순간

말을 하다보면
정말 말이 안통하는
부류가 있다.

아무리 설명을 해줘도
한번 아니다 싶으면
밑도 끝도 없이 아닌
그런 사람들

대부분 그런 사람들은
다들 위에 계신다.

#층간소음

; 몇 번을 말해도 애가 뛴다.

주의깊게 살피라고
대충 넘어가려 하지 말고.

꼼꼼히 좀
챙기고

정신도 좀
챙기고

여친, 남친도 좀
생기고.

#그럴거 같죠?

; 안 생겨요.

토닥토닥
당신을 응원해요.

당신의 그림자가 되어
항상 당신을 지켜줄게요.

걱정 말아요.
내가 있잖아요.

#안녕하십니까 고객님

; 앞뒤가 똑같은 대출 상담사 ○○○입니다.

당당하고 굳세게 살아야
손해없이 살 수 있다.

어디를 가서도 기죽지 말아야 한다.

눈치를 보고 기죽은 목소리로 대답하는 순간
이미 그들에게 당한 거다.

그러니까
항상 당당하게 말하자.

#사팔라

; 아니 너무 비싸, 더 깎아주세요.

(해외여행 중 선글라스 구입)

GO!

그냥 확 술마시고
모든 걸 잊었으면 좋겠다.

잠시라도 기억을
잃어버리는 게

나에겐 큰 도움이
될 것 같은데.

누가 내 기억 좀
비워줘.

#아니 속 말고

; 왜 맨날 화장실에서만 비우니?

불안하지?

당장 내일 뭘 할지
확실하지도 않은데

미래에 대해
대책을 세워야 하니?

뭐가 어떻게 될지
아무도 모르는데.

그 와중에 또 물어본다.

#넌 꿈이 뭐니

; 뭐니뭐니해도 머니(Money)!

도라에몽처럼
"나와라 얍" 하면

뭐든지 다 나왔으면
좋겠다.

그럼 아무생각 없이
맨날 지갑만 꺼냈을 텐데.

#아 내가 지갑을 두고 왔네

; 다음엔 내가 사줄게.

새벽 감성에 취해
다시 한 번 후회할 짓을 합니다.

왜 그랬는지 모르겠지만
다시 한 번 그대의 전화번호를 누릅니다.

듣기만 해도 시키고 싶은
통화 연결음.

#이것은 갈비인가 통닭인가

; 오늘은 후라이드로 가져다주세요. 다이어트 실패!

오늘같이 봄바람 솔솔 부는
햇살 따뜻한 날엔 피크닉을 가야지.

여의도 한강공원, 잠실 올림픽공원, 성수 서울숲
수많은 공원들이 있는데
다들 공원으로는 갈 수가 없다.

봄바람 타고 미세먼지랑 황사가
같이 놀러왔거든.

그러니까 여기로 가자.

#실내테마파크로

; 이런 귀한 곳에 저런 누추한 분이.

차차 적응할 거야.

너를 향했던
내 마음도.

그리고
시간이
다 해결해줄 거야.

너무 힘들어하지 마.

#라면이 익는 시간 3분

; 언젠간 끝난다. 이 힘든 시간도!

콩닥콩닥
내 심장이 울린다.

당장 앞에 무슨 일이
다가올지 너무 긴장되지만.

그런 긴장감은 오히려
나를 기대하고 설레게 만든다.

딩동딩동!

#이러면 안되는데

; 치킨 왔다!

매일매일 열심히 한다고
바뀌지 않아.

자 그럼,
여기서 문제!

바뀌지 않을 걸 아는데도
왜 다들 열심히 하는 거야?

그냥 욕먹으니까?

아니면,
다들 하니까?

#안하면 나처럼 된다

; 어때? 확 와닿지?

진짜 오랜만에
고등학교 때 친했던 친구를 만났다.

그리고 오는 길에
엄청 좋아했던 선배도 만났다.

마지막으로 집에 다와서
요 며칠 안 보이던
옆집 형을 봤다.

그리고 난
지키지 못할 약속들을 하고 왔다.

#밥 한 번 먹자

; 뭐 언젠간 먹겠지.

한솥밥이란
같은 솥에서 나온 밥을 의미한다.

누군가 새롭게 어떤 회사나 팀에
합류할 때 사용하는 표현이다.

근데
내가 확실하게 아는 건
아무리 한솥밥이어도

밥 한 번 먹자고 말하면
절대 못먹는다.

#절대 불변의 법칙

; 주문 같은 거야. 밥 한 번 먹자.

항상 문제가 있으면
그에 맞는 답이 있다.

문제에 답이 없다면
그것은 문제가 아니다.

고난과 역경일 뿐.

#내 이름은 고난, 힘들 뿐이죠

; 명탐정인줄!

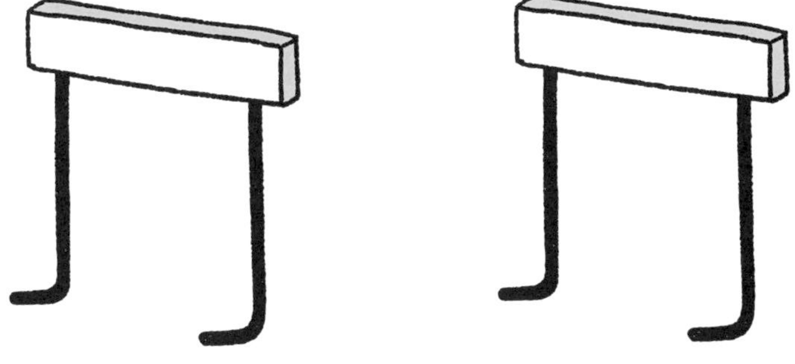

아들 같지만 진짜 아들이 아니고
딸 같지만 진짜 딸이 아니죠.

뭔가를 주장하고 싶으면
상대방 의견을 먼저 물어보세요.

진짜 물어버리기 전에.

#이게 무슨 멍멍이 같은 소리야

; 말도 안되는 변명을 하니까 물리지.

뭘 해도 잘생기면
장땡이라고 들었다.

뭘 해도 이쁘면
다 용서된다고 하더라.

이런 외모지상주의에서
내 능력을 발휘해서
나만의 위치를 찾는다.

누가 뭐라해도 난
성공할거다.

#자만하지 마

; '자'기 '만'족 하지 말자. 난 못생겼으니까. 하하하!

어릴적 해리포터를 보고
난 꼭 커서 마법사가 될 거라고 장담했다.

하지만 마법사는 현실세계에서
존재하는 직업이 아닌 걸 깨닫고
너무 슬퍼서 오늘도 밖으로 나왔다.

그리고
외쳤다.

빨리 내 말대로
다 이루어져라.

#술이 술이 마! 술이

; 술이 마술이지.

사람은 후회의 동물이다.

일주일 내내 이번 주말에는
꼭 일찍 잔다고 다짐하고서는

주말 내내 신나게 놀고
잠을 안 잔다.

그러고 나서
또 후회한다.

그런 거 보면
나도 동물이다.

#내가 왜 그랬지

; 멍 멍멍 멍멍멍멍!

그럼 어때,
그럴 수도 있지.

왜 그렇게 못 매달려서
안달이야.

그냥 좀 내버려둬.
좀 보내줘.

자꾸 그러면
너만 더 힘들어.

#내면의 갈등

; 영화관에서 방귀가 나올 것 같다.

뿡

집밖을 나가는 순간
뭔가 찜찜하다.

지금이라도
다시 들어갔다 와야 하나.

고민하던 사이에
이미 들어갔다 왔겠다.

시간 아깝게
걱정하지 마.

#기분 탓이야

; 아, 이어폰 두고 나왔다.

황금같은 휴일.

누구는 오랜만에 주어지는
기분좋은 휴일을
그냥 보내지 않는다.

데이트하기, 영화보기, 쇼핑하기, 운동하기 등
각자 자신의 취미에 집중하는 날.

그래서
나도 내 취미에 더욱 집중해보려 한다.

#더 격렬히 아무 것도 하기 싫다

; 그 누구보다 더욱 격렬하게!

산에서 나도 모르게
조난을 당했다.

정신을 차려보니
여기가 어딘지도 모르고.

앞으로 뭘 해야 할지도
모르겠다.

그냥 누가 나좀
도와줬으면 좋겠다.

#삶림욕

; 삶이라는 숲에서 욕먹는 우리

처음에는 책임이라는
무게감을 느끼지 못했다.

왜냐면 책임질 일이 없으니까.

나이를 먹을수록
점점 책임질 일이 많아졌다.

그렇게 점점
무게감을 느끼기 시작했다.

#어쩐지 살이 찌더라

; 책임감도 늘고, 살도 늘고, 스트레스도 늘고.

난 살면서 과학이
제일 싫었다.

과학은 알아야 하는 것도
외워야 하는 것도
너무 많으니까.

뭐가 그렇게 어려운지
생각만 해도 너무 싫었다.

근데 지금 더 어려운 게 나타났다.

인생이라는 필수과목.

#어려운 건 질색인데

; 쉬운 건 또 재미없어.

바나나가 웃으면
바나나킥.

축구하다 웃으면
사커킥.

침대 안에 들어가서
오늘 있었던 일을
생각하면
이불킥.

#웃기냐 나도 웃긴다

; 나도 내가 왜 그랬는지 모르겠다.

내 맘에도 가을이 왔나봐요.

세상에 단풍이 지고
형형색색 물들고 있듯이

내 맘도 색깔별로 물들고 있어요.
물론 다 섞일 거지만.

#검정색

; 타들어간다.

기분 좋은 일이
생겼으면 좋겠다.

소소한 행복도
좋으니까.

그냥 좋은 일 좀
생겼으면 좋겠다.

어디 그런 일
안 생기나.

#못생겼네

; 아니 너 말고 좋은 일, 왜 찔려?

요즘은 무슨 척하는 게
유행이래.

잘생긴 척
돈 많은 척
뭐 좀 있는 척

그래,
척이라도 해야지.

#척척박사

; 척하면 척이지.

딱 중간만 하자.
딱 중간만.

근데 다들 궁금해하겠지?

그 중간의
기준이 뭔지

중간이면 할 수 있는 사람이
많아야 되는데.

왜 이렇게 다들
어려워 하냐고.

#궁금해요?

; 궁금하면 오백원

일 분 일 초가
너무나 소중하지.

시간이 정말 금 같아.

시간을 어떻게 쓰느냐에 따라서
내 삶의 질이 바뀌니까.

계속 열심히 시간을
활용하다 보면
언젠간 빛나는 날이
오겠지.

#강 건너 그 빛이…

; 님아 그곳에 가지 마오. 시간을 너무 많이 소비했다.

오늘도 어김없이
선택의 갈림길 앞에 놓였다.

우리는 인생 속에서
수많은 선택을 하고

그 선택으로 이뤄진 미래를
후회없이 살기 바란다.

나는
오늘도 카페에서
메뉴 고르는 데만
5분이 걸렸다.

#선택장애

; 백종원 선생님이 필요한 시점이다.

돈이란 있다가도 없어지는 것이라 했다.
돈의 노예가 되어 살지 말자.

물론 돈을 많이 모아서
부자가 되면 좋겠지만
꼭 그렇게 모을 필요는 없다.

그런 의미에서 오늘도
일단 쓰고 보자.

#어머 이건 꼭 사야돼

; 모을 수 없는 이유는 따로 있지.

오늘도 잘 보냈다고
오늘처럼 재밌는 하루가 없었다고.

하루하루를 정말 내가 원하는 그대로
살고 있다고.

오늘도 거울 앞에서
거짓말을 해본다.

이러면 좀 나아진다고
누가 그랬냐.

#시치미 뚝

; 거짓말도 하던 사람이 해야지. 못하겠구만!

하나둘~ 웃자! 둘둘~ 웃자!

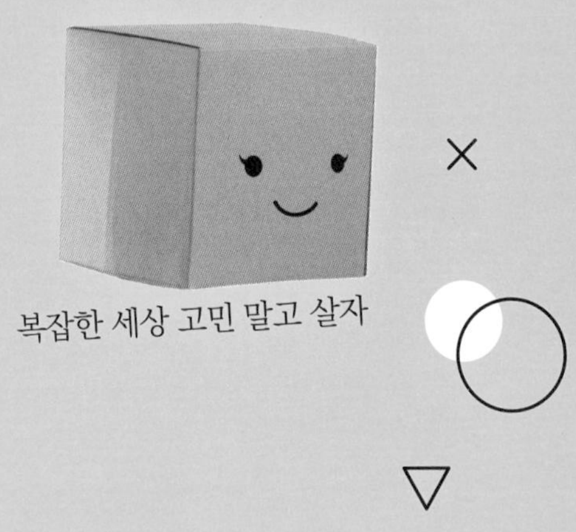

복잡한 세상 고민 말고 살자

함께할 고민

오늘 헤어졌다.
끝내버렸다.

지금까지 공들인
내 시간이 아까울 정도로.

후회가 된다.
다들 내 심정에 공감하려고 한다.

내 이야기를 계속 듣고 싶다면
'구독과 좋아요'를 눌러주세요.

#신흥 SNS 전염병

; 요즘은 손가락이 말보다 빠르다.

퇴근길 지하철.

북적거리는 사람들 속에서
지하철 리듬에 몸을 맞춰
덜컹덜컹 집으로 간다.

하차역에 다다르자
내 앞에 앉아 있던
사람이 내릴 준비를 한다.

지금이 기회다.

#불타는 승부욕

; 저 자리는 내꺼다!

요즘 무슨 학원만 가면
다 대비반이야.

시험 대비
자격증 대비
면접 대비

이런 대비반만
많으면

뭐가 되는지
보여줄게.

#대비만성

; 큰 사람이 되기 위해 끊임없는 대비가 필요하다.

요즘은 아무 뜻없이
중독성 있는 가사가
유행이래.

그냥 입에 딱
달라붙고

아무 생각없이
중얼거리는 그런 말

나도 하나
만들자.

#집 가고 싶다

; 꼭 밖에만 나가면 집에 가고 싶더라.

내가 필요한 곳이면
언제든 달려갈게.

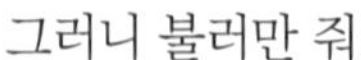

그러니 불러만 줘.

내 활동 범위는
점점 넓어지고 있으니

강원도에서
제주도까지

이제는 해외도
생각하고 있어.

#구직생활

; 합격만 시켜줘. 날아갈게.

21세기 사람과 사람 사이에는
컴퓨터가 존재하고

서로 직접 만나서
말을 할 필요가 없어졌다.

그렇게 점점
말은 통해도
감정은 통하지 않는

그런 시대에 다달았다.

#말이 필요없다

; 하지만 손가락은 필요하다.

거북이도 그것보다는
빠르겠다.

그렇게 하다가
날새겠다.

빨리 좀 해주지.

뭐가 그렇게
느긋느긋해.

#월급입금

; 거, 제깍제깍 좀 넣어줍시다.

학생 땐 공부를
잘하면 칭찬 받았다.

직장에 가서는
좋은 학교 나왔다고
칭찬 받았다.

그런데,

일을 하다가
같은 학교 나왔다고
칭찬받았다.

#칭찬 받을 일인가

; 뭐, 기분은 좋다.

사람 약 올리냐.

왜 자꾸 사람을
왔다갔다 하게 만드냐.

무슨 사람 가지고
장난치는 것도 아니고.

딱 한쪽만 정해.

#출근길 지하철

; 왼쪽이야, 오른쪽이야? 거 참, 내리고 탑시다.

내 감정을 그대로
표현할 수단이
있으면 좋겠다.

딱 이거 하나로
내 맘을 다들 알아주고

그저 함께 웃어주었으면
좋겠다.

오늘도
하나 뽑았다.

#이모티콘

; 자랑해야지!

나도 알아.
세상에 얼마나
중요한 사람들이 많은지.

그중에 나는 얼마나
연약하고 하찮은 존재인지.

그러니까
내가 아무리
발버둥치고
발악을 해도

세상은 바뀌지
않을 거야.

#알긴 뭘 알아

; 시도는 해봤어?

졸립다.

힘들다.

집 가고 싶다.

맨날 생각만 해왔었는데.

오늘은

진짜 간절하다.

정말인데.

#표현할 방법이 없네

; 믿어줘요.

네 맘대로 다 정하지 마.

나도 내 자유가 있고
내 권리를 지킬 수 있어.

자꾸 네 마음대로
만들어놓고
나한테 강요하지 마.

#연봉협상

; 여기 서명만 해주시죠.

땡땡땡!

학교 종이 울릴 때는
듣기만 해도 좋았다.

드디어 수업이 끝나고
쉬는 시간이 오니까.

지금은 종이 울리는
알람 소리만 들으면
너무 피곤해진다.

입금 문자는 아닐테고
출금 문자만 오니까.

#띵똥

; 귀하의 계좌에서 203,000원이 출금되었습니다.

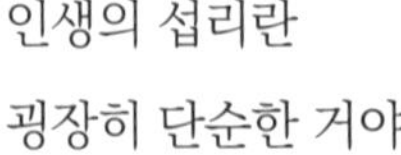

인생의 섭리란
굉장히 단순한 거야.

최선을 다하고 부지런하면
잘 먹고 잘 살 수 있는 거고

맨날 놀고 게으르다면
못 먹고 못 사는 거야.

그땐 그랬어.

#지금은 아니지만

; 아무리 노력해도 힘드네.

요즘 가장 맘에
와닿는 말.

시작이 반이라고.

정말 시작만 하면
금방 끝나는데

그 시작을 못한다.

이게 다 온 세상이
이 안에 담겨서 그래.

#스마트폰

; 10분만 더 보자.

돌아와요 그대.

난 언제나 당신을 기다릴게요.

당신을 위한 그 마음 항상 간직하고
기대하면서 기다릴게요.

그대를 위해서라면
무엇인들 못하겠어요.

#통장 잔고

; 결재일이 다가오면 더욱 못할 게 없죠.

눈을 뜨자마자
너무 다급하다.

아침부터 참
고생이 많구나.

아직 좀 졸리지만
해야 할 일이 너무 많아.

잠시만 기다려 봐.

#출근길 메이크업

; 흔들리는 버스에 네 아이라인을 맡겨.

모두가 응원하고 있어.

너는 꼭 해낼 수 있어.

조금만 더 힘을 내.

난 항상 네 편이야.

우린 꼭 해낼 거야.

#조별과제 무임승차

; 말로는 A+

가끔 난 벼락에
맞아보고 싶다.

왜냐면
어떤 사람은 벼락을 맞고
암이 나았다는 뉴스를 본 거 같거든.

그치만 난 아무래도
벼락 맞을 일은 없을 것 같아.

항상 벼락을
치고만 있으니.

#시험공부라는 암

; 그게 그렇게 쉽게 고쳐지지 않아.

나에겐 아직 가야할 길이
한참 남았는데

왜 자꾸 그만하라고
하시나요.

나를 좀 가만 냅둬요.

내 시간을 존중해줘요.

자꾸 그렇게 재촉하지 말아줘요.

#시험시간 5분 남았습니다

; 망했다!

시계는 아침부터
똑딱똑딱.

부지런히 일해요.

나는 아침부터
쿵쾅쿵쾅.

늦었으니 이래요.

#흔한 풍경

; 놀라지 마세요. 지진 아니예요.

인간은 진화하는 동물이다.

우리의 꼬리는 점점 퇴화되어
사라졌지만
우리의 능력은 날이 갈수록 진화한다.

예를 들자면

일을 뒤로
미루면 미룰수록
우리의 효율이 증가한다.

#서류제출 3시간 전

; 내 몸은 시간이 지배한다.

오늘도 밤이 됐네.

쌓여가는 서류들에
너무 지치고 힘들 때

어둠이 세상을 덮고
한줄기 빛마저
보이지 않을 때

칼을 차고 내가 왔지.
너의 수호신!

#칼퇴

; 주 52시간 근무제

주위를 둘러보면
다들 잘난 사람 사진들 뿐.

해외 여행 사진들
비싼 맛집 사진들
명품 선물 사진들

모두 자기 자랑하기 바쁘다.

근데 그게 무슨 의미가 있을까.

#자랑스타그램

; '좋아요' 받기 위해서 사는 건 아니잖아.

사람이 말을 해야 알지.

말이란 게 서로 소통하기 위해
만들어진 건데

말을 하지 않으면
당신의 맘을 내가 어떻게 알겠어.

아니,
요즘 세상이 어떤 세상인데
말로 표현해?

#엄지만 누르면 되는데

; 훕씨네글님이 게시물을 좋아합니다.

요즘 부쩍들어
일이 너무 하기 싫다.

고비가 이렇게
자주 찾아오는 걸 보면
이제 정말 그만 둘 때가 온 것 같다.

난 더 이상 못하겠으니까
오늘 가서 말씀드려야겠다.

#좋은 아침

; 아침마다 거짓말이 절로 나오네.

사표

그대를 만나고
잠시나마 너무 행복했어요.

이렇게 행복할 수 있을까
생각이 들 만큼.

행복이란 이런 거구나
깨닫게 해줘서 고마워요.

다음에 만나면
꼭 더 오래 봐요.

#대체공휴일

; 빨리 다시 만나요, 우리!

오늘도 살며시 발뒤꿈치를 들고
걸어 들어온다.

혹시 누가 눈치라도 챌까.

그 누구보다 조심스럽게
조용히 찾아온다.

역시
모두 세상 모르게 자고 있다.

당장 닥칠 일을 모른 채.

#월요일 아침

; 아무도 모르게 찾아온 오늘, 심멎주의 공포 스릴러.

오늘도 밝은 그대가
너무 밉다.

아무렇지 않게 어떻게
그렇게 밝은 얼굴을 내밀 수 있는지.

진짜 내 생각은 전혀 안 하는지.

어쩜 저렇게
이기적인지.

#굿모닝

; 오늘도 둥근 해가 밝게 떴네요.

아무것도 모르는 신입을 데리고
이런 일 저런 일 시키고

잘했다고 칭찬은 못해줄 망정
매번 혼내기만 하고

그 시간에 일을 더 했으면
지금쯤 대박 났을 텐데 말이지.

그래도 다행이지.
난 뭐라도 얻은 게 있으니.

#신명나는 뒷담화 스킬

; 그리고 같이 따라온 눈치

오늘 진짜
소름돋는다.

아침에 늦잠 잔 걸로 시작해서
지각을 하고

일하면서 내내 호출과 바쁜 업무로
쉬는 시간도 없이 일했다.

좀 잠잠해지니
점점 느껴진다.

세상에!

#커피를 안마셨다니

; 원두 없는 나라의 카페인 중독자

광고에서 본
문구가 머리에서
맴돈다.

Just Do It!

그냥 해.

그냥 뭐가 되든
일단 도전해라.

근데 내 귀에는
다르게 들린다.

#그만 해

; 그냥 하면 뒷감당은 누가 하죠?

지금 자야
내일 아침에
또 일찍 일어나지.

그렇지 않으면,

내일 또 생각하게
될 거야.

#오늘은 진짜 빨리 자야지

; 드라마 한 편만 더 보고 잘까?

넌 왜 저런 것도
못하냐.

이건 그렇게
하는 게 아니야.

잘 좀 해봐.

답답하네, 참.

#말이야 쉽지

; 나도 말로는 세계 정복이 꿈이야.

다이어트 하자고
한마디만 하면

무슨 사람들이 떼로 몰려와서
조언하려고 한다.

내가 내 살을 빼겠다는데
왜 나보다 더 난리지?

내 뱃살보다
당신들 볼살이 더 빨리 빠지겠다.

#근데 또 배고프다

; 금강산도 식후경이지.

한국인은
밥이 보약이지.

밥 한 숟가락이면
힘이 솟아나지.

아무리 바빠도
밥은 먹고 다녀야지.

밥이 그렇게 중요하다.

#다이어트

; 하고 싶다!

요즘엔 아이돌 같은 직업이 인기다.

요즘 아이돌 그룹에 붙는 수식어로
예쁜 애 옆에 예쁜 애, 귀여운 애 옆에 귀여운 애,
잘생긴 애 옆에 잘생긴 애.

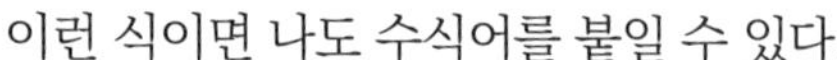
이런 식이면 나도 수식어를 붙일 수 있다.

고민 있는 애 옆에 고민 많은 애,
그 옆에 고민 더 많은 애.

#이게 현실이지

; 아이돌이라고 다를 거 같아?

아 그렇구나~ 다 똑같구나!

넌 나에게 고민을 줬어!

들어줄 고민

아무것도 하기 싫다.

원래 안하고 있었지만
더 격렬히 아무 것도
하고싶지 않다.

그래도
다행이다.

나만 그런 게 아니라서.

#내가 다 봤어

; 쟤도 아까부터 책은 펼쳐 있는데 계속 누워 있더라.

나도 열심히 한다고 했는데
이 맘을 아무도 알아주지 않는다.

나도 다 생각이 있어서 그렇게 한 건데
내 생각따윈 중요하지 않았다.

나도 나름 대학도 나오고
최선을 다해서 살아왔는데.

이런 대우 받으려고
노력했던 게 아닌데.

그럴 때마다 잠시
기억을 잃었으면 좋겠다.

#난 누구, 여긴 어디?

; 지금 필요한 건 기억상실증!

난 창의성을
잃어버렸다.

언젠가부터 창의성이라고는
찾아볼 수가 없더라.

불행 중 다행인 것은

요즘은 창의성이
꼭 필요한 게 아니더라.

#시키는대로만 하면 편한 세상

; 내 생각대로 하려면 불편한 세상

내가 요즘 왜 이러는지
잠을 자고 자도 피곤하다.

20살 나에게 밤 12시는
이제 막 놀기 시작하는 출발선이었는데

지금 나에게 밤 12시는
이제 막 잠에 드는 하루의 마지노선이 되었다.

가진 거라곤 체력 뿐이었는데
진짜 체력 빼면 시체나 다름없는데.

#내가 이런 애가 아닌데

; 이제 정말 시체인 건가.

두드리면 열릴 것이다.

난 매일
두드린다고 생각하면서
그 누구보다 열심히 사는데

내 행복 길은 열릴 생각이
정말 눈곱만큼도 없어보인다.

#두드리지마

; 지문인식이야!

똑똑

생각이 많아지는 밤
이런 생각 저런 생각
다 해봤지만

결국 돌고 돌아
다시 원위치

지금 이 상황에서
더 나아질 건 없어보이고

더욱 힘들어지면 어쩌지 하는
걱정만 쌓인다.

#안하느니 못할 짓

; 그치만 나도 모르게 하는 짓

난 누군지
난 무엇을 위해 사는지

생각을 하면 할수록
점점 답을 찾기 힘들다.

그렇다고 때려칠 수도 없고

걱정이 쌓이고 쌓여서
산 하나는 만들겠다.

#태산이구나

; 태워버릴 산이구만.

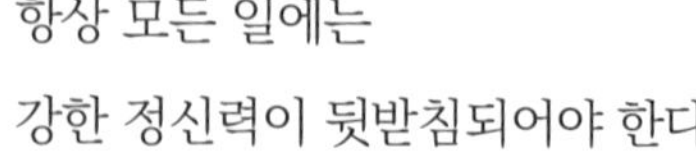

항상 모든 일에는
강한 정신력이 뒷받침되어야 한다.

아무리 심한 소리를 들어도
웃으면서 넘어갈 강한 정신력

그러기 위해선
매일 철저한 준비가 필요하다.

그렇게 나는 오늘 아침에도
철저한 준비를 마치고 집밖을 나간다.

오늘도 일단 웃으면서 살기 위해.

#내가 웃는 게 웃는 게 아니야

; 웃으니까 만만해 보이지?

오늘 하루도
잘 지냈다고
토닥토닥

고생했다고
수고했다고
토닥토닥

근데 아직도
화요일이라고.

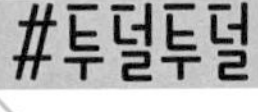

; 너도 몰랐니?

걱정을 한다는 건
다시 한 번 그 문제를
생각해본다는 것.

마치 복습과 같다.

아무리 다시 생각해보고
왜 그랬을까 되짚어봐도

내 시험 점수처럼
항상 기대 이하의 결과를
초래한다.

#어차피 그럴꺼

; 물론 도움이 될 수는 있겠지만, 굳이 해야 하나?

나도 행복한 고민
해보고 싶다.

선택의 갈림길에
무작정 서서

이 길로 가든
저 길로 가든

다 좋은 길이고
뭘 선택해도 행복할 고민.

네, 다음 고민 들어오세요

; 고민 같지도 않은 고민

난 더 이상
울지 않겠다.

운다는 건 너무 의미 없는 행동일 뿐이니까.

비록 내가 지금
억울하고 슬프고 우울해도

난 눈물따위는
흘리지 않겠다.

#이건 눈물이 아니야

; 하품해서 그래.

나는 영어 울렁증이 있다.

외국인만 보면
머리가 하얘지고
아무 생각이 없어진다.

왜일까
곰곰이 생각을 해보니

그래서 그런 것 같다.

#아까워서 그런 것 같다

; 20년 동안 배운 영어 아껴서 말해야지.

세상이
호락호락하지만은 않다.

내가 생각한대로
내가 바라는대로
내 인생은 내 것인데
내 맘대로 되지 않는다.

아무리 그래도
먹는 거까지
이렇게 맘대로 먹지 못하면
억울해서 살겠나.

#그렇지 않나요?

; 네, 안됩니다!

나도 하고싶은 게
있는데

왠지 당당하게
하고 싶다고 못하겠다.

어차피
내 맘대로 하지 못할 거니까.

#눈치 좀 그만 봐

; 해봤어?

요즘에 날이 풀려서 벌레가
많아졌다.

특히 하루살이가
극성이다.

근데 씁쓸하지만
이 친구들과 친해져야 할 것 같다.

안녕!

#난 겨우살이야

; 하루하루를 겨우 살아가지.

나도 금수저로
태어나보고 싶다.

돈 걱정 없는 세상에서
내가 하고 싶은 거 다 하면서
자유롭게 살아보고 싶다.

내가 진짜
돈만 많았으면
다 잘했을 텐데.

#과연 그럴까

; 현실을 인정해.

누군가를 믿는다는 건
내가 그 사람을 얼마나
사랑하고 의지하는지를
보여준다.

신뢰는 사랑과 믿음이
결합된 감정이고

그런 감정을 모으고 모아
그 사람에게 잘 배달이 된다면
참 좋으련만.

항상 배송 오류가
생긴다.

#반품

; 아깝게 배송비 같은 감정만 소비했네.

내가 지금
가장 필요로 하는 것.

당장 힘든 나날을 버틸 수 있도록
나한테 힘이 될 수 있는 것.

정말 내가 지금 얻을 수 있다면
가장 도움이 되는 것.

#돈! 돈! 돈!

; 뭐 '희망' 같은 거 생각한 건 아니지?

난 똑똑하지 않아.

집중을
잘하는 편도 아니야.

그런데 다른 사람들은 다 똑똑해.

문제는 그걸 모두가
당연하게 생각해.

모두가 다 그런 게
아닌데 말이지.

#난 하나를 알려주면 하나만 알거든

; 응용력이란 태어날 때 병원에 두고 나왔어.

글을 쓰다 보면
내 한계가 느껴져.

아 오늘은 여기까지구나.

그런데
신기한 건,

한 글자라도 더 쓰고 싶어져.

이런 게 정말 내가 좋아하는 거지.

#그런 걸 찾자

; 하기 싫은 거 좀 그만 하고.

불안함과 두려움 속에
너무나 자연스럽게
버려지는 내 마음.

이렇게 또 오늘 하루가
지나간다.

이제는 너무 익숙해져서
무심코 넘어가도
아무렇지 않고

나 자신도 무덤덤해지는
그런 보통의 하루.

#내 마음속 나침반

; 어느 순간부터 방향을 잃었다.

삶에 얼굴을 맞대어
내 감정을 솔직하게
비추어 보니

난 우울함에 갇혀 있었다.

나도 몰랐다.
내 안에 이렇게
슬픔과 우울함이 가득 차 있을 줄.

#우울 안 개구리

; 우물 밖으로 나갈 수 있을까?

행복한 결말이란
동화 속에서나
존재하는 말이다.

현실에서 행복한 결말은
있을 수가 없다.

내가 행복하면
누구는 꼭 불행해지는
그런 세상에 살고 있거든.

#나만 아니면 돼

; 아주 불행한 사람

해야 할 일은 산더미만큼 쌓여 있고,
나를 도와줄 사람은 찾아볼 수도 없다.

매일 반복되는 일상에서
이제는 꿈에서조차 일하는 꿈을 꾼다.

그래도 꿈속에서는 내 할일은 끝내고
집으로 향한다.

#정말 꿈만 같은 일이었다

; 현실에선 쉴 수 없었거든.

사람은 완벽할 수 없다.

누구나 장점이
있으면

단점도
존재한다.

그 장단점이
도움이 될지는
그 누구도 모른다.

#근데 내 장점은 누가 가져갔냐

; 왜 난 단점만 있냐!

모든 것이
과하면 안된다고 했다.

밥도 너무
과하게 먹으면 체하듯.

나도 뭐든 과하지 않도록
노력 중이다.

일을 하는 둥 마는 둥

#뭐든 적당히

; 눈치 따윈 오다가 떨어뜨렸어.

각박한 세상 속

내가 왜
이렇게 살아야 하죠?

내 삶의 의미는
무엇이길래.

그건 바로

당신이 주도하는 거예요.

나한테 묻지 마세요.

나도 몰라요.

#재도 몰라요

; 아무도 몰라요. 그냥 살아요.

누구는
위로해준다고

'착한' 네가
참으라고 한다.

누구는
공감해준다고

'착한' 네가
이해하라고 한다.

근데 문제는
내가 착하지 않다.

#결국 또 내 잘못이다

; 진짜 착한 게 뭔지 한 번 보여드려!

흥미가 있으면
뭐든 잘할 수 있다고.

그러니 공부에도
흥미를 가지라고.

공부를 열심히 해서
꼭 네가 하고 싶은 일을 하라고.

누구나 다 아는
얘기만 하신다.

#내가 몰라서 못하나

; 공부를 못해서 못하지.

오늘의 해는 이미 떠버리고
그렇게 하루가 시작되었다.

오늘은 다를 것 같다는
기대를 품고 하루를 시작했지만
오늘도 여전히 똑같은 것 같다.

오늘 아침도 내 눈은
떠질 생각이 없으니까.

#한결같아서 다행이야

; 사람이 갑자기 변하면 안된대.

시간이 흐른다고
다 잊혀지는 건 아니더라.

아주 잠시 내 기억에서
사라졌다가 나올 뿐이지.

정말 아쉽고 후회되는 일은
어느날 불쑥 찾아와
나를 괴롭히곤 한다.

#내가 왜 그랬지

; 아닌 밤중 이불킥

나도 내가 왜 그러는지 모르겠다.

왜 이렇게 후회할 짓을 골라서 하는지,
다신 안하겠다는 다짐만 몇 번째인지.

이제 좀 정신차리나 했더니
다시 또 그 자리.

인생은 다짐의 연속.

#무모한 도전

; 그럼 후회라도 하지 말지.

다들 말한다.
"넌 도대체 언제 철들래?"

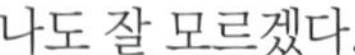

나도 잘 모르겠다.

나름 군대도 다녀오고 생각도 많아져서
철 좀 든 것 같은데.

항상 집에만 있으면 아무 생각이 없어진다.

언제나 부모님의 아들로
어리광 부리고 싶은가 보다.

#나이값 좀 하자

; 나가서 돈을 벌어오던가.

우리 엄마 아빠는
나를 위해서 평생을 바쳐오셨고

힘들어도 힘들다는 말 한마디
안하셨다.

분명 포기하고 싶은 순간이 있었고
다 내려놓을만도 한데

그럼에도 끝까지
애써주셨다.

#나를 위해서

; 다행이다. 이제라도 알아서!

어차피 주인공은 나야 나!

소소하지만 확실한 위로

고민 다섯,

밤새 할 고민

난 이미 바닥을
쳤다.

어디까지 추락했는지
모를 만큼

더 이상 내려갈 곳도 없다.

그래서 이제
올라갈 궁리를 하는 중이다.

#Reset

; 의지 재부팅

지금 당장 다 내려놓고
뛰쳐나가고 싶다.

지금은 뭘 하든
이것보다는 좋을 것 같다.

그렇게 생각만 하다
오늘도 흐른다.

진짜 하고 싶으면
하자.

내게 주어진 시간은
다 내꺼니까.

#낭비하지 마

; 네 시간을 온전히 네가 썼으면 해.

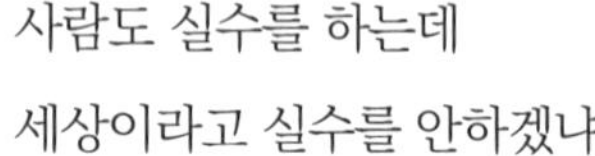

사람도 실수를 하는데
세상이라고 실수를 안하겠냐.

사람들이 모여서 돌아가는 것이
세상인데

실수 투성인 사람들이 모여서
실수 투성인 세상을 만들고 있는데

네가 한 번 실수했다고
이 세상 속에서 티가 나겠냐.

#티도 안나지

; 그리고 실수도 해봐야 다음에 안 그러지.

요즘은 걷다보면 자연스럽게
하늘보다 땅을 더 많이 보게 된다.

높은 곳을 향해 가기 위해
하늘을 보고 당당하게 걸어야 하는데
고개는 자꾸 땅을 보게 된다.

그래도
난 내 자신에게 이렇게 말한다.

난 저 땅보다 훨씬 높은 곳에 있다고
꼭 하늘을 쳐다볼 필요는 없다고.

#뭐든 생각하기 나름

; 나 스스로 멋지다고 생각하자.

진작 그렇게 열심히 했으면
이미 다 이루고도 남았지.

그러게 왜 맨날
게으르게 누워만 있었니?

지금와서 후회해봐야
뭐 아무런 도움도 안되겠지만.

지금이라도 알았으니
이제부터 고치면 되지.

#병주고 약주는 건가

; 잔소리가 응원으로 바뀌는 순간

오늘 하루도
수고했어.

네가 보기엔
별 볼일 없는 하루라
생각할 수 있어.

하지만,

지금 당당하게
고개를 들 자격이
충분해.

#별 볼일 있는 하루

; 당당히 봐!

내 맘대로
나 하고 싶은 대로

그렇게 다
할 수 있는 세상으로

한 걸음 한 걸음
나아가다 보면

도착해 있을 거야.

#내가 원하던 그곳에

; 하나씩 하나씩 해보자.

아픔은 갑자기
찾아오지 않는다.

서서히
온다.

네가 가장 힘들고
지칠 때

그때를 노리고
찾아온다.

#그니까 힘들다고 하지마

; 아직 진짜 아픔이 안 왔을 수도 있잖아.

나를 소개하지.

나는 20대 중반이고,
오늘보다 내일을
더 걱정하는
세상 모든 청년의 표본이야.

그리고
매일매일
힘든 하루를 견뎌내고
버티고 있어.

너와 같은
청춘을 보내.

#놀랐니

; 너만 그런 게 아니야, 그니까 힘내라고.

N포세대에 태어난
우리 청춘들.

결혼 포기
연애 포기

포기라는 말이
이제는 입에 붙어서

너무 힘들어서
진짜 다 포기하고 싶을 때

그럴 때마다
항상 생각해.

넌 부모님의 자랑
1호기.

#포기포기

; 포기 따위 안해. 아니 못해!

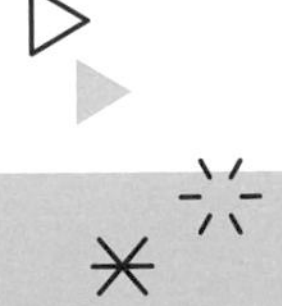

잘 봐.
생각보다 쉬운 거야.

잘생긴 사람은 배우를
똑똑한 사람은 의사를
운동신경이 있으면
운동선수를 해.

다들 자기 주제에
맞게 살아.

근데 가끔은

주제넘을

필요도 있는 거야.

#나처럼

; 나도 주제넘게 책을 쓰고 있거든.

장담하는데
인간은 같은 실수를
반복한다.

이 말은 너도 실수를
반복할 수 있다는 거야.

그러니까
실수했을 때
낙심하지 마.

#그럴 수도 있지

; 그치만 혼나는 건 어쩔 수 없지.

크게 웃어봐,
하하하!

너도 모르는
스트레스가
싹 날아갈 거야.

다들 그러잖아.

웃는 게
약이라고.

#그니까 좀 웃자고

; 안 그래도 슬픈데.

시작이 반이다.

시작이 좋아야
과정이 순조롭고
결과도 좋다.

그만큼 시작이
중요한 거다.

그래서
내가 시작을 못한다.

그 중요한 걸
어떻게 그리 쉽게 하겠니.

#책을 펴지 못하는 이유

; 시작이 어려워.

아무 것도 없는 사막에서
선인장은 어떻게서든 살아남는다.

물 한방울 없이
악착같이 자기가 갖고 있는 것에
만족하며

주변에 아무도
없더라도
어떻게서든 살아남는다.

#나라고 못할 건 없지

; 걱정하지마. 우린 선인장보다 훨씬 진화됐으니까.

오늘은 그나마
무난한 하루를
보냈다.

힘들었지만
최선을 다했다.

그치만
나만 그렇게 생각했나보다.

결국 내가 또
틀렸다.

#뭘 새삼스레

; 틀렸으면 고치면 되지.

모든 생각들이
단순해지면
좋겠다.

좋으면 좋은 거고
싫으면 싫은 거고

딱 정해져서
두 번 생각 안 하게끔.

그랬으면
좋겠다.

#모두들 그래

; 그게 마음처럼 쉽지 않아서 그렇지.

누구에게나 마음속 깊은
고민이 있다.

차마 말하지 못한
고민을 품고 있을 수 있고

다들 알만한
고민을 쥐고 있을 수 있다.

다들 뭐가 좋다고
그 고민들을 꽉 쥐고 품고 있는지.

그냥 놔버리면
편할 텐데.

#정말 알다가도 모를 일이다

; 다들 그럴 만한 이유가 있겠지.

신경 쓰지 마.

주변에서 뭐라 하던
전부 다 들어주지 마.

너에게 하는 모든 말들을
혼자 다 받기엔
너무 벅차니까.

굳이 다 듣고
상처받지 마.

#듣고 싶은 말만 듣자

; 그중에 예쁜 말만 듣자.

최고는 아무나 될 수 있는 게 아니다.

자신을 그 누구보다
희생하고 노력하고

한 목표만을 바라보면서
참고 또 이겨낸
사람만이 할 수 있는 것이다.

모두가 그만하라고 할 때
멈추지 않는 것이
정말 최고가 되는 길이다.

#그 힘든 길 제가 가겠습니다

; 언젠간 최고가 될 거니까요.

사람마다 각각 최선이 다르다.

누구는 최선을 다하면 이룰 수 있지만
다른 누구는 최선을 다해도 이룰 수 없다.

이걸 보고 다른 사람들은
노력을 안 한다고
꾸짖을 수 있지만

난 이해한다.
너의 최선을!

#너무 애쓰지마

; 넌 최선을 다했어.

바람개비는 바람이 있어야
데굴데굴 잘 돌아가.

아무리 멋진 바람개비도
자기 역할을 하려면
도움이 필요한 거야.

그러니까
혼자만 너무 열심히 하지 말고
가끔은 주위를 둘러봐.

너처럼 도움이 필요한
사람이 너를 기다리고
있을 거야.

#베풀면 돌아오게 돼 있으니

; 먼저 다가가자.

오늘도 이불 속
나 자신한테 말한다.

왜 이렇게
생각이 많은 거니?

그냥 자연스럽게
넘겨버리면 안되니?

#이 또한 지나갈 일이니

; 언젠가는 신경도 안쓸 일

육상 선수들에게 시간이란
자기 인생이 걸린 일이지.

0.1초라도 놓치고 싶지 않아서
달리고 또 달리지.

그 중에 과연 몇 명이나
넘어졌을 때 빨리 다시 일어나는
연습을 하겠니?

근데 인생에서는 그런 사람이 이긴다.
넘어졌을 때 빨리 일어날 수 있는 사람.

#그러니 이제 일어나자

; 그만 좀 누워 있고 움직이자.

내가 하는 말
잘 들어.

아무리 인생이
고달프고 외로워도

너는 누군가의
자랑이고 희망이야.

그러니까
자신감을 가져.

#넌 그럴 자격이 충분해

; 누구나 조금의 긍정은 있다.

금방 스쳐 지나간다.

오늘도 내일도
상처 받은 날도
기쁨에 가득찬 날도

이런 날이 있으면
저런 날도 있으니

너무 빠져 있지 말자.

#오늘만 날이 아니잖아

; 걱정은 되겠지. 그게 정상이야.

하루하루를 살아가는 게
어렵지 않다.

+

생각보다 삶은 내 생각대로
흘러간다.

재밌는 날이 있으면
슬픈 날도 있고.

우울한 날이 있으면
행복한 날도 있다.

생각을 간단히 하면
삶은 내 생각대로
흘러간다.

#복잡하게 생각하지 마

; 복잡하게 생각하면 삶도 복잡해지니까.

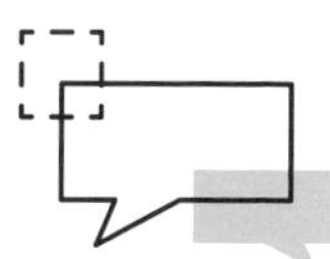

짙은 회색으로
하늘을 그린다.

비가 올까
두렵다.

괜한 맘에
파란색으로
덧칠을 한다.

그런다고
맑아지지 않는다.

이제 알았으니
다시 그려볼까.

#이미 지나간 일

; 걱정에 묶여 신경 쓰지 않도록.

포기하면 편해.

꼭 그렇게
열심히 해야
성공하는 건 아니야.

성공이 그렇게
하고 싶었으면

지금 와서
그러면 안되지.

너도 알잖아.
안되는 건 안된다고.

#아니 된다고

; 포기하면 편한데 그래도 끝까지 해봐야지.

오늘이 빨리
끝났으면 좋겠다.

오늘처럼 힘든 날이
여태껏 없었으니까.

근데 내일이 오늘보다
쉬울 거라는 생각은
어디서 나온 거야?

#하루하루 버텨보자

; 다 살이 되고 뼈가 될 거니까.

그 사람이 얼마나 힘든 삶을 보냈는지는
그 사람의 얼굴이 말해준다.

사람을 외적으로 판단하면 안되지만

하루하루를 스트레스 안에서 버텨온
사람의 표정은 그만큼 일그러져 있을 거고

그날들이 모여 그 사람의 얼굴이 되어버리거든.

#그니까 웃자

; 내가 힘들었다는 걸 들키지 않게.

오늘도 많은 말들을 들었다.

좋은 말은 다 저장하고
쓸데없는 말들은 분리수거해서
다 쓰레기통에 버리면 되는데.

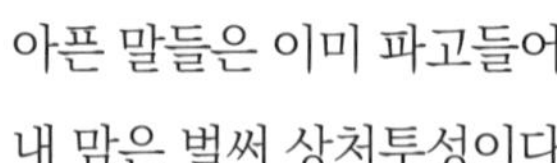

아픈 말들은 이미 파고들어
내 맘은 벌써 상처투성이다.

오늘 들은 말은
오늘 처리해야 하는데.

그렇게 못하는 것이
아쉬울 뿐이다.

#괜찮아

; 시간이 치료해줄 거야.

할 수 있다는 의지를 갖고
매일 살아가고 있다.

버텨낼 수 있다.
이겨낼 수 있다.

많은 생각들이 공존하는
오늘 하루지만

그래도
긍정적으로 생각하니까
나름 뿌듯한 하루를 보냈다.

고생했어, 오늘도!

#역시 해낼줄 알았어

; 할 수 있다!

누군가 나를 믿어준다면
너무 감사하겠지.

험난한 세상 속에
내가 한 사람에게 믿을만한 존재가
될 수 있다면

그 믿음을 계속 지켜줘야 하기에
많이 부담스럽겠지만.

그래도 나를 믿어줬으면 좋겠다.

#난 할 수 있으니까

; 내 자신을 믿고 있으니까.

YES I CAN

병원에서 주사를 맞을 때면
항상 따끔할 거라고 말해준다.

그말을 듣고 나서 우린
주사를 맞는 엉덩이에
더욱 신경을 쓴다.

그 짧은 순간,
'저 주사 바늘이 얼마나 아플까'
걱정을 피하지 못한다.

그냥 어릴 때처럼 말없이
갑작스레 주사를 놓아주면
그런 공포감 없이 아프기만 할 텐데.

그렇게 인생에 있어서도
그냥 아무 경고 없이 내버려두었다면

아직 오지도 않은 일에
이렇게 걱정하지 않았을 텐데.

#그냥 잠깐 아프고 말지

; 왜 미리 힘들게 걱정하고 그래. 어차피 아플 건데.

밑도 끝도 없이 막연하게
문제에 대해 파고들다 보면

어느 순간 나 자신에게
묻게 된다.

난 무엇을 위해 이렇게
이 문제에 열중하는가.

한 발자국만 뒤에서 보면
정말 별게 아닌데.

왜 그렇게 어렵게만 생각하는가.

#다 네가 할 필요 없다

; 혼자만 서두를 필요 없어.

삶을 살다 보면 내 뜻대로
되지 않는 일이 너무 많다.

일부러 못한 것도 아니지만
어쩌다 보니 여기까지 와버렸다.

다 잘할 수 있다고 마음을 먹었지만
정말 딱 거기까지일 뿐,

막상 현실에 부딪히다 보니
마음먹은 대로 될 일이 아니라는 걸 깨달았다.

그래도
나름 좋은 경험이었다.

#너무 쉬우면 재미없잖아

; 다음에 더 잘하면 되지.

세상에서 들을 수 있는 말은
좋은 말보다 나쁜 말들이 훨씬 많다.

모든 사람들이 칭찬을 듣는 건 좋아하지만
칭찬해주는 건 어색해 하고

모진 말을 듣는 건 싫어하지만
하는 건 너무 자연스러우니까.

너에게 던져진 모진 말들이
전부 네가 미워서 그러는 게 아니란 것을.

그냥 칭찬보다 모진 말을
더 잘해서 그런 거라고.

#모든 말에 귀 기울일 필요 없다

; 그 말에 상처받을 이유 또한 없다.

우리는 꿈이 있어야 한다고
누누이 들어왔다.

그 꿈은 내가 좋아하든 싫어하든
성공적인 인생을 사는 것을
의미했다.

언젠가부터 꿈을 꾸는 것조차
세상의 편견이 생긴 것 같다.

내가 생각하는 꿈은
그저 하루하루
고민 걱정 없이 사는 것인데.

#난 내 꿈에 만족하고 있다

; 꼭 성공할 필요는 없다.

꿈은
이루어진다

소중한 건 지켜줘야 하고
챙겨줘야 하고
항상 관심을 가져줘야 한다.

다른 사람이 보기엔
별 볼일 없어 보여도

나한테 소중한 것이라면
내 관심은 여기에
놓여 있을 거다.

#오늘도 해본다

; 남이 보기엔 쓸데없는 걱정, 나에게는 소중한 걱정.

눈치보지 마. 눈치보면 지는 거다!

감성 맛집: 흅씨네글

수줍은 고민

나는 첫사랑이 없네요.

여자친구가 싫어하거든요.

그래서
그냥 없앴어요.

그니까
이제 네가 해.

내 첫사랑.

#좋아 자연스러웠어

; 이렇게만 하면 되겠어!

벌은 참 힘들겠다.

부지런히 여러 꽃을
옮겨 다녀야 하잖아.

난 편한데.

#내 꽃은 하나라서

; 그리고 그 꽃이 제일 예쁘다.

생각보다
하늘에는 별이 많다.

그 중
내 별은 땅으로
내려왔다.

#내 옆에 있다

; 이제 바라만 보지 않아도 된다.

연인 사이에
잘못을 했을 땐

'미안해'로 끝날 게 아니라

'내가 그래서 미안해'로
시작해서

'그래도 널 많이 사랑해'로
끝내는 거다.

#그게 예의더라

; 수많은 시행착오 끝에 깨달음

아무생각 없이
너만 바라보다가

문득 억울한
감정이 찾아온다.

왜 내가
널 더 일찍
찾지 못했을까.

#이렇게 빛나는 너를

; 더 빨리 찾아서 더 오래 봤어야 하는데.

첫눈이 올 때를
기다린다.

그렇게 기다리던
첫눈이 내리는 순간

너와 나 사이는
훨씬 더 로맨틱해진다.

근데 있잖아.

평소에도
좀 잘해 보자.

#첫눈이 대수야?

; 분위기 잡기 어렵구만.

너와 나만의 약속.

아무리 싸워도
집에 갈 땐

손 꼭 잡아주기.

#미워도 네가 미운 게 아니잖아

; 아님 집에 가지 말던가.

조명은

우리를 밝게 해주려고

발명됐다.

그런 의미에서

나에게 조명은

바로 너야.

#나를 밝게해주니까

; 어쩐지 너만 보면 눈이 반짝반짝해지더라.

병마다 목적이 다 있다.

예쁜 꽃이 담겨 있으면
꽃병

시원한 물이 담겨 있으면
물병

난 너한테 푹 담겨 있어서
빠져나올 수 없으니까

불치병이
틀림없다.

#약먹자

; 나 아프니까 어디 가지 마.

어린 새싹은 보살핌이
필요하지만

혼자서도 씩씩하게
잘 자란다.

우리 자기는 혼자서는
씩씩하지만

아직 내 보살핌이
필요하다.

#평생 내가 필요하길

; 내가 지키지, 누가 지키겠니?

학교다닐 땐
머리만 닿으면
잠이 왔는데

왜 도대체
널 만난 이후로는
잠이 안올까.

아주 밤만 되면
두근두근해.

#네 생각에 설레서

; 수면부족이란 질환에는 네가 내 옆에 있는 게 약이야.

내가 만약
당신과
평생을 같이 한다면

매일 아침
내가 당신 앞에 있고.

매일 저녁
축 쳐져서
집에 들어올 때면

내가 당신의
웃음을 되찾아줄게요.

#믿을 만한 공약

; 지킬 수 있을까?

사진을
잘 찍고 싶어서

좋은 카메라도
구입했고

사진 전문 강의도
들어봤지만

다 쓸데없는
짓이었다.

너만 있으면
모든 사진이
완벽하거든.

#시선의 끝

; 널 조금 더 빨리 만났다면 전문 사진작가가 되었을 수도.

여자친구의
생얼을 보았다.

말로 표현할 수 없을만큼
최고로 좋았다.

내 맘대로 뽀뽀해도
화장 지워진다고
혼나지 않으니까.

#뜻밖의 이득

; 그 와중에 예쁘다고는 하지 않았다.

너무 힘들고 지쳐서
다 내려놓고
집에 가고 싶을 때

네가 보내준
세 글자.

“사랑해”

#내 맘을 어찌 알고

; 말하지 않아도 알아요.

내가 잘해주는 데는
다 이유가 있는 거야.

내가 무작정 아무에게나
잘해주는 사람이 아니거든.

그러니까
넌 그냥 그대로
있어주기만 하면 돼.

#예쁘게

; 원래 하던 그대로.

미안해요
내가 그대를 안아주지 못해서.

고마워요
나를 그래도 안아주어서.

사랑해요
나를 그렇게 이해해주어서.

#보고싶어요

; 오늘도 어김없이 내 맘 속에 있어서.

너무나 예쁜 그대에게
항상 예쁜 것만 주고 싶은데

그대만큼
계속 예쁜 걸 찾을 수가 없다.

모든 것들은
언젠가는 시들기 마련이니까.

#시들지 않는 꽃

; 그대 바로 너!

내가 얼마나
너를 좋아하는지

너는
절대 모를 거야.

무엇을 상상하든
그 이상이거든.

#씨네의 상상은 현실이 된다

; 네가 그 현실이다.

널 처음 본
그 순간.

내 심장이 나대서
진정시키느라
정신이 없었어.

그리고
후회했지.

좀만 더
쳐다볼걸.

#이쁘던데

; 너의 첫인상, 아직도 기억나는 그 순간.

데이트 전날
설레서
잠도 제대로 못 자고

어디를 가고
무슨 얘기를 하고
어떤 맛집을 갈지
완벽하게 조사했다.

드디어
마지막 퍼즐같은
네가 왔다.

#오늘 뭐 할래?

; 네가 하고 싶은 거 하자.

내 감정
그대로.

보내주자
네게로.

그렇게 넌
내게로.

#언능 오기로

; 말만 이러고, 결국 또 내가 가기로.

달달한 게 필요해
세상은 너무 쓰거든.

아무리 단 걸 먹어도 소용없어
달아지지 않거든.

그때까지만 해도
난 세상이 쓴 줄만
알았어.

#너를 만나기 전까지는

; 워낙 달달했다. 너를 만난 이후로.

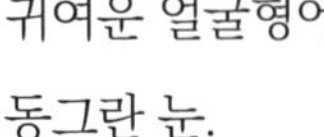

귀여운 얼굴형에
동그란 눈.

오뚝한 코에
앵두같은 입술.

이제는 내 이상형이
어떤 사람이었는지
기억도 안난다.

#네가 내 삶에 등장한 후

; 원래 내 이상형이 너였나 싶다.